Kaja Schoch

Mein Ungeheuer neben mir

story.one – Life is a story

story.one

1. Auflage 2025

Herstellung (GPSR), Gestaltung und Konzeption:
Verlag story.one publishing - www.story.one
Eine Marke der Storylution GmbH, Biberstraße 5, 1010 Wien, Austria
E-Mail: story.one@story.one

Gesetzt aus Minion Pro, Lato and Merriweather.

ISBN: 978-3-7115-8652-0

Für alle...

Für alle, die während meinem Monster für mich da waren. (auch miauende Vierbeiner)

Für alle, auf die ich mich immer verlassen kann.

Für alle, die Menschen helfen ihre Monster zu überwinden und zu besiegen.

Für alle, die selbst ein Monster an ihrer Seite hatten oder haben.

Für alle, die etwas mehr verstehen wollen.

Für alle, die Liebe in die Welt tragen.

Für alle, die ihre Monster schon besiegt haben.
-Ihr könnt unglaublich stolz auf euch sein-

Für alle, die kämpfen solange sie können.

INHALT

Kapitel 1

"Linn", die Stimme meiner Mutter drang in mein gemütliches Zimmer, das üblicherweise - so auch gerade - mit kunterbunten Bildern und Postern übersät war. Automatisch löste ihr auffordernder Tonfall ein Seufzen bei mir aus. Natürlich so leise, dass sie es nicht hören konnte - inzwischen, nach einigen, sagen wir mal, unangenehmen Erlebnissen. "Jaha?" - "Kommst du zum Frühstück?" Ihre immer leiser werdende Stimme verriet, dass sie schon auf dem Weg zum Tisch war und dort auf mich warten würde. Mein Magen knurrte, es sprach also nichts dagegen ihr zu folgen. Und eigentlich hatte ich grundsätzlich nichts gegen eine schön volle Schüssel Müsli einzuwenden. Was konnte es morgens vor der Schule schon Besseres geben? Diese Erkenntnis änderte bedauerlicherweise nicht das mindeste an meiner schläfrigen Trägheit, die seit dem Aufwachen vor einer halben Stunde nicht nachgelassen hatte. Ein herzhaftes Gähnen entwich mir und ich hieß die wohlig warme Sonne des heran brechenden Tages willkommen, die durch mein großes Fenster zu mir hereinfiel. In ihren goldenen Lichtstrahlen schimmerte mein Metallbettrahmen silbern und mein Bett winkte mir mit den viel zu verlockenden Kissen. Für einen Moment war ich versucht zurückzuklettern und mich dem süßen Sog des Schlafes hinzugeben, schnell lenkte ich meine Aufmerksamkeit von dem Bett auf meinen in der Sonne glänzenden Schreibtisch, den ich vor Jahren von meinem Opa geerbt hatte. Er stand gleich neben meinem körpergroßen Spiegel mit der reflektierenden Katze an der Oberseite des Holzrahmens. Die Vögel vor dem offenen Fenster sangen ihre allerschönsten Morgenlieder. Jeden Tag aufs Neue kam es mir so vor, als täten sie es nur für mich. Augenblicklich verbesserte sich meine Laune und ich schlenderte schon fertig für die Schule angezogen zur Tür, zog sie auf und machte mich auf den Weg zum Wohnzimmer, das im Stockwerk unter mir lag. Da die Treppe genau gegenüber von meinem Zimmer lag, weckte mich das Knarren der Holzdielen morgens, sobald sich meine Familie auf den Weg ins Wohnzimmer begab. Ich selbst war trotz allem meistens die Letzte, die eintraf. Einen Schritt nach dem anderen kletterte ich die Stufen hinab, deren Laute mich schon aus einem Kilometer Entfernung angekündigt hätten.

Dennoch waren beinahe alle Köpfe meiner Familienmitglieder von mir abgewandt. Bis auf das meiner Mutter - wie immer. Ihr Lächeln schien mir direkt ins Herzen hineinzugreifen und erfüllte mich mit dem Wissen geliebt zu werden. Die gewellten schokoladenbraunen Haare wehten in der herein fegenden Brise wild umher und ihre orange-braunen Augen fand ich bei mir wieder. "Guten Morgen", grüßte sie mich, was ein unausgesprochener Befehl für die männlichen Anteile unserer Familie war, mich wahrzunehmen. Während mein Vater mich hinter der Zeitung verborgen willkommen hieß, ließ ich mich mit der Vorahnung auf den Geschmack meines Frühstücks auf der Zunge auf meinen Stuhl fallen. Linus reichte mir eine Packung Müsli zum Gruß, die ich sofort in meine meerblaue Schüssel entleerte. Blitzschnell war sie verdrückt und in meinem gut gefühlten Bauch. Oh, wie ich Essen liebte. Den tollen Geschmack auf der Zunge, das wundervolle Gefühl danach... Schule dagegen hasste ich. Weniger wegen des Unterrichts, als vielmehr aufgrund der Schüler und Schülerinnen. Dass ich nicht gerade beliebt war, war gelogen. Ich war beliebt. Als Mobbingopfer.

Kapitel 2

Eine halbe Stunde später stand ich vor dem alten und längst baufälligen Schulgelände, dessen Türen unangenehm quietschten und Fassade bereits abbröselte. Der geteerte Pausenhof mit den Bäumen, die hier und dort unkontrolliert aus dem Boden gesprossen waren, lag davor. Zu dieser Uhrzeit voll mit genervten Kindern, die zu ihrem Unterricht eilten. Von überall her drangen Stimmen zu mir und von mehreren Stellen aus hörte ich angespanntes Gelächter oder Geschrei von spielenden Fünftklässlern. Ja, unser Pausenhof - naja, eigentlich unsere ganze Schule - war kein besonders schöner oder interessanter Anblick. Kaum mehr wert als einen flüchtigen Blick. Das war nicht erquickend für mich als Schülerin, aber störte mich nicht sonderlich. Nein, das, was mich störte, waren meine Mitschüler und besonders eine Mitschülerin. Franka. Sie hasste mich. Seit ich ihr einmal vor einem Lehrer widersprochen hatte und sie so Nachsitzen musste. Damals hatte ich schon Sekunden, nachdem mir die Worte über die Lippen gekommen waren, meinen Fehler begriffen. Nur leider zu spät. Ich hatte ihr schon einen Grund gegeben, mich zu ärgern. Egal wie klein er zu sein schien, es reichte für meine MitschülerInnen, denen langweilig war und die auf Beschäftigung aus waren. Am Anfang hatte in mir noch die Hoffnung geglüht, sie würden sich an meiner Ignoranz langweilen und mich in Frieden lassen. Weit gefehlt. Der Punkt mit Ignoranz war allein schon nicht machbar. Ihre Beleidigungen waren schlicht und einfach nicht zu ertragen und der Fakt, dass Juna, meine beste Freundin, dabei mitmachte und nicht zu mir stand, war schmerzhafter als gedacht. Unser Verhältnis war dadurch in letzter Zeit deutlich schlechter geworden und sie zog die regelmäßigen Innenstadtbesuche mit dieser Gruppe, meinen Treffen vor. Einen Vorwurf deswegen konnte ich ihr schlecht machen. Sie wollte verständlicherweise nicht in meine Situation mit hineingezogen werden und sich aus der Schusslinie halten. Und solange das keinen Nachteil mit sich brachte, würde sich daran kaum etwas ändern. Während meine Gedanken um sich kreisten, entdeckte ich genau den Menschen meiner Grübeleien. Sie und Aurelia, ihre blonde Freundin, radelten mit ihren neuen Fahrrädern auf den Schulhof durch das Tor. Zu meinem Erschrecken bemerkte ich erst jetzt das Fehlen meiner übrigen Mitschüler, die eben noch neben mir auf dem Hof gestanden hatten. Anscheinend hatte die Schulglocke bereits auffordernd geläutet, hatte alle hinein gewunken und ich hatte es nicht bemerkt. So ein Anfängerfehler, sich danach noch alleine auf dem Hof aufzuhalten, wo doch überall bekannt war, dass zu der Zeit die unangenehmeren Leute eintrafen. So ein Mist. In seliger Ruhe stiegen die Mädchen ab und selten die Räder achtlos in den Weg. Unangesperrt. Kein normal fürchtender Mensch würde auf die Idee kommen, das Rad von Franka auch nur schief anzusehen. Geschweige denn von unserem Eingangstor wegzuschieben. Das wäre praktisch der Mord seines Selbstbewusstseins, das bei mir schon merklich zusammengefallen war. Mit jeder abschätzenden Bemerkung ein Wenig mehr. Und das waren viele, sehr viele gewesen. Von *du solltest im Dreck schlafen, da wo du hingehörst* über *deine Eltern tun mir leid mit so einem hässlichen Kind* bis hin zu *schon mal auf die Idee gekommen, dich in eine Ecke zu verkriechen und nie mehr hinauszukommen.* Und genau die Urheber dieser Worte kamen nun breit grinsend auf mich zu.

Kapitel 3

Oh nein, nein, nein, nein. Wie hatte ich so unaufmerksam sein können und die Glocke überhört haben? Hatte ich mich so sehr meinen Gedanken hingegeben? Hatte ich all meine Erfahrungen so schnell vergessen können? War ich so leichtsinnig? Innerlich stieß ich mir eine Hand vor die Stirn und verfluchte meine Dummheit dreimal. Die Panik kletterte Stück für Stück an mir herauf, mit jedem Schritt, den die zwei Mädchen auf mich zukamen, etwas mehr. Schon wurden meine Hände schweißnass, klebrig und eine eisige Kälte strich mir den Rücken hinab. So gut ich konnte, bemühte ich mich meine Atmung gleichmäßig und tief zu halten und zwang meine Beine sich langsam in Bewegung zusetzen. Ganz gemächlich und unauffällig. Es durfte nicht den Eindruck von Flucht erwecken, das würde alles noch schlimmer machen. Jede Bewegung bedacht gesetzt und mit einem unbeschwerten Lächeln auf den Lippen, das vermutlich mehr an einen Horrorclown erinnerte, als ein sorgenfreies Mädchen, steuerte ich den Betonblock von Schule vor mir an. Die Fenster winkten mir grüßend zu und ich beschleunigte meinen Schritt allmählich. Immerhin musste ich die zwanzig Meter, die zwischen mir und dem Bauwerk lagen, möglichst schnell zurücklegen. Zwanzig Meter. Zwanzig zu viel. Betont lässig ließ ich meinen Blick nach hinten schweifen und bekam einen gewaltigen Schrecken. Franks und Aurelia standen direkt hinter mir. Beide beinahe am Platzen vor Erheiterung über meinen entsetzten Satz nach hinten, den ich bei ihrem Anblick machte. Franka schüttelte kichernd ihre schwarze Mähne und musterte mich abschätzend. "Hast du diesen Angsthasen gesehen?" Sie sagte es so, als wäre ich gar nicht da. Amüsiert musterte Aurelia mich von der Seite und zog kurzerhand meine Schultasche auf. Protestierend schnappte ich nach Luft. "Was soll das?" Während sie meinen eingepackten Schokoladenriegel herausfischte, den ich jeden Morgen von Linus dabei hatte, kam die Erkenntnis. "Jetzt beruhige dich. Nicht jeder hat die Ehre, sein Essen mit uns zu teilen." "Na toll, weil ihr das ja noch nie mit mir gemacht habt.", murrte ich ironisch. Ursprünglich gedacht leise genug, damit sie mich nicht hören konnten. Heute war ich zu laut gewesen, Franka hatte mich leider verstanden. Erzürnt stellte sie sich vor mich und baute sich auf, dabei ließ sie ihren Blick demonstrativ an mir herunterwandern. "Du, sei leise! Erstens hat dich keiner nach deiner Meinung gefragt. Zweitens kannst du dir das mit deinem Gewicht und Aussehen sowieso nicht leisten und drittens interessierter es mich einen Dreck, was du denkst. Spare dir also lieber deine Energie." Aurelia nickte zustimmend. Als ob das nötig gewesen wäre. "Ganz ehrlich, du solltest an dir was ändern. Glaubst du ernsthaft, mit dir will jemand befreundet sein? So wie du aussiehst?" Das traf mich. Obwohl ich so ähnliche Sprüche beinahe jeden Tag zu hören bekam. Natürlich wusste ich, dass ich nicht hässlich war. Ich war im mittleren Teil des Normalgewichtes und selbst wenn ich etwas kräftiger gebaut gewesen wäre, hatte es ihnen nicht das Recht gegeben mich zu verurteilen. Weshalb auch? Jeder Mensch war von Natur aus schön, jeder einzelne liebenswert. Ich wusste, dass sie es nur sagten, um mich zu verletzten. Ich wusste, dass es nicht stimmte ... oder hatte es einmal gewusst. Plötzlich entdeckte ich einen violetten Nebel neben mir. Undeutlich und durchscheinend, aber er war da ..., oder? Hatte ich mich vielleicht getäuscht?

Kapitel 4

Wie sich eine Woche später herausstellte, hatte ich mich nicht getäuscht. Mein Unglauben darüber war gewaltig und mein Schreck enorm. Gerade stand ich zu Hause vor dem Katzenspiegel und richtete meinen moosgrünen Rock. An den immer präsenten und immer größer werdenden Nebel, den anscheinend nur ich sah, hatte ich mich verständlicherweise nicht gewöhnt, doch mich mit ihm abgefunden. Selbst, wenn er mir nicht selten Angst einjagte. Besonders in den Augenblicken, wo er sich von seinem üblichen amethystlila in ein nachtschwarzes, Licht absorbierendes Dunkel verwandelte und sekundenlang wuchs, bis er anschließend erneut seinen normalen Farbton annahm. Danach kam immer erst die Angst. Die Angst vor dem Ding, die Angst vor allem. Das Mobbing in der Schule hatten ebenfalls nicht nachgelassen, im Gegenteil, es war immer heftiger geworden und meine Stimmung insgesamt immer schlechter. Das war kein großes Wunder. Jeden Tag hören zu müssen, man sei hässlich, nichts wert oder unbeliebt, blieb nicht folgenlos. Aus der Phase weinend in der Kabine in den Pausen zu sitzen, kam ich allmählich heraus. Ungefähr seit der Nebel aufgetaucht war, hatte ich angefangen die Sticheleien über mich ergehen zu lassen und ihnen andere Aufmerksamkeit zu schenken. Andere... Sorgfältig ordnete ich den Faltenrock und kämmte mir mit einem Kamm die braunen Haare, die schulterlang nach unten fielen. Noch einmal übers Haar - fertig. Gerade wollte ich mich vom Spiegel abwenden und im nachmittäglichen Licht zu dem Bach im Wald nebenan gehen, da entdeckte ich es. Mein Herz blieb mir beinahe stehen und ich taumelte keuchend rückwärts, bis ich auf dem Bett von dem Ding wegkroch. Angstwelle um Angstwelle suchte mich heim und ich bekam Schnappatmung. Ich musste träumen. Unwillkürlich wollte ich auf dem Bett noch weiter zurückweichen, die Wand hinter mir blieb jedoch unerbitterlich. Mein Herz hämmerte mir bis zum Hals. Ich war nicht in der Realität, nein, ganz sicher nicht. Oder doch? Schnell und effizient zwickte ich mich in meinen Arm. "Autsch" Ich träumte nicht. Ich … das Wesen war noch da. Ein … ja, was war es eigentlich? Ein Wesen aus tieflila Rauch, ungefähr so groß, wie meine Hand. Zwei wunderschöne Flügel ermöglichten es ihm zu fliegen und ein katzenhafter Kopf thronte auf dem länglichen Körper. Dünne Gliedmaßen besaß das wunderschöne Wesen ebenfalls "Alles okay?" Beschwichtigend hob es seine zarten Hände. "Ich tue dir nichts. Niemals. Ich bin deine Freundin." Ihre glockenhelle Stimme unterbrach herrisch alle weiteren innere Monologe. Und irgendetwas an dieser Stimme ließ mich ihr vertrauen. Irgendetwas. "Wer bist du?" Eine recht einfallslose Frage, aber in diesem Moment war mein Denken wie eingefroren. Immerhin konnte ich mich nicht an das letzte Mal erinnern, an dem mir ein wunderschönes Monster erschienen ist. "Ich bin Anorexia. Du bist Linn. Wir sind Freundinnen. Damit müsste alles geklärt sein. Und jetzt zieh dich um. In dieser Kleidung zeigst du nicht gerade viele Vorzüge" Das traf mich. Ich hatte diesen Rock mit der Bluse dazu immer geliebt, doch sie kannte sich anscheinend aus und außerdem ließ mich ihrem Tonfall entnehmen, dass sie keinen Widerspruch hören wollte. Um die Frage, was ich anziehen sollte, hatte sie auch schon eine Antwort. Ein weites Shirt, das sackartig an mir hing und in einem unauffälligen Grauton schimmerte.

Kapitel 5

Das weite Kleid lag samtweich auf meinen Knien und doch wirkte es an diesem extravaganten Ort fehl am Platz. In diesem noblen Lokal waren sonst nur schwarze Abendkleider und weiße Hemden zu sehen. Mein graues, weit geschnittenes Kleid fiel hier auf. An der Decke hingen glitzernde und funkelnde Kristallleuchter und der schwere Geruch nach frisch gekochtem Essen hing wie ein Nebel in der Luft. Das Stimmengewirr hielt sich hier jedoch in Grenzen - keiner traute sich zu laut zu reden und womöglich andere Gäste zu belästigen. Wir waren nur auf die Einladung eines Arbeitskollegen meiner Mutter hier. Sonst hätten wir uns hier noch nicht mal ein Mineralwasser leisten können. Anorexia war selbstverständlich ebenfalls mitgekommen. - Wie vom Donner gerührt sauste sie senkrecht nach oben, schoss einmal quer durch das Lokal, hinweg über den Köpfen der feinen Gesellschaft. Das hatte mich anscheinend zum Schmunzeln gebracht. "Alles gut? Du schaust so seltsam", sprach mich der magere Kollege an. "Da ist nur ..." In letzter Sekunde konnte ich mich stoppen. Immerhin konnte ich ihm kaum erzählen, dass ein lila, kleines Monster bei jedem Sturzflug jubelnd und Loopings schlagend über seinem kahlen Kopf hinwegflitzte. Also schwieg ich, bis das dampfende Essen vor uns stand. Allein der Geruch löste in meinem Magen ein forderndes Knurren aus. Knackiges Ofengemüse in brauner Butter geschwenkt und dazu zartes Schweinefleisch. Dieses Gericht mit den köstlichen Lebensmitteln, war wahrscheinlich mehr-, als mein Geburtstagsgeschenk wert. Vorfreudig machte sich mein Bauch bemerkbar und drängte mich zu meiner Gabel zu greifen. Das perfekt abgeschmeckte Gemüse hatte den genau passenden Biss und ich genoss das Mahl. Währenddessen hatte es sich Anorexia neben mir auf der blitzsauberen, schneeweißen Tischdecke bequem gemacht und kaute gelangweilt an ihren pechschwarzen Fingernägeln herum. Ihre lila Flügel hatte sie hinter dem Rücken zusammengefaltet und lange Zeit hatte sie teilnahmslos Löcher in die Luft gestarrt. "Also wirklich. Ich starre keine Löcher in die Luft, ich verschönere den Raum", unterbrach sie empört meine Gedanken. *Dass du immer ohne zu fragen, meine Gedanken liest.* Unschuldig zupfte sie die Schultern und flatterte stattdessen zu mir. "Du hast genug gegessen"

Entsetzt starrte ich auf das winzige Stück, das ich bis jetzt in den Mund geschoben hatte. *Aber ich habe doch noch fast nichts gegessen.* Mein Magen knurrte noch immer und der Hunger war ebenfalls noch lange nicht gestillt. Mitfühlend legte sie mir eine winzige Hand auf einen Finger. "Beim ersten Mal ist es immer schwer. Du musst jedoch dringend das Mobbing stoppen." *Und das funktioniert, wenn ich nicht mehr esse?* "Du musst nur schöner werden und dünner und weniger fett, dann wird das schon", beteuerte sie vehement. Ihre Worte trafen mich mitten im Herzen. *Du findest, dass ich dick bin?* Darauf antwortete sie nichts, was mehr als genug war. Deprimiert schob ich das Essen mit der Gabel hin und her, während meine Mitmenschen lachend ihre Speisen löffelten. *Ich habe aber noch Hunger.* "Dann trink Wasser. Nur kein Zucker", belehrte mich Anorexia. Das tat ich und tatsächlich wurde mein Bauch gefüllter, wirklich satt war er nicht. Doch die törichte Hoffnung, auf Zeit als normales Klassenmitglied, war noch verlockender, wenn man verzweifelt war. Außerdem, was machte einen Tag schon aus?

Kapitel 6

Es war einfacher als gedacht. Viel einfacher. Ich hatte Essen geliebt, dementsprechend hatte ich befürchtet, es würde mir unglaublich schwerfallen auf Anorexia zu hören und weniger zu essen, doch sie trieb mich immer weiter an, sobald Zweifel aufkamen und übertönte sie mit Versprechungen einer besseren Zukunft, in der ich mich wohler fühlte. In dieser Zukunft war ich keine Außenseiterin mehr, hatte viele Freunde und Valentinsrosen im Überfluss. Alle mochten mich in dieser Vision und ich mochte mich selber. Diese Sache war in den letzten Tagen mehr und mehr an die Oberfläche gekommen: Ich mochte mich nicht. Ich mochte mein Aussehen nicht, meine Gesichtszüge, meine Figur. Ich konnte mich mit jedem Essen, in dem ich sparte, weniger leiden. Das würde jedoch weggehen, hatte Anorexia versprochen. Ganz sicher. Außerdem hinterfragte ich ihre Worte nicht einmal. Alles, was sie sagte, gab mir halt und ein Stück weit fühlte ich mich besser. Nicht, weil mein Magen noch knurrte, ganz und gar nicht, das war eine überaus dumme

Nebenwirkung. Nein, ich fühlte mich besser, weil ich diese Sache kontrollieren konnte. All die Sticheleien meiner Klassenmitmenschen, all ihr Verhalten, das alles konnte ich, nicht beeinflussen, konnte nicht in ihre Köpfe eindringen und sie zwingen aufzuhören. Aber mein eigenes Verhalten, das konnte ich kontrollieren. Darüber hatte ich Einfluss. Ich hatte endlich wieder Macht über etwas, über *irgendetwas*. Und es fühlte sich so verdammt gut an, nicht mehr *nichts* tun zu können. Auch wenn alles in meinem Leben den Bach herunterging. Das war es wert. Es war es wert, aus der Schusslinie von Franka zu kommen. Es würde alles gut werden. Anorexia versprach es. Sie war in den letzten zwei Wochen, in denen ich auf ihre Veranlassung hin, keine Schokolade auch nur schief angesehen hatte, regelmäßig pechschwarz aufgeflackert und langsam, aber sicher gewachsen. Sorgen sollte ich mir deswegen keine machen. Ich sollte mir lieber Sorgen um mein Ansehen, meine schlechte Persönlichkeit machen. Darüber diskutierte sie sehr gerne. Auch an Orten, die dafür denkbar falsch waren. Unter anderem beim Eisessen mit meinem Bruder und seinem festen Freund, die mir im Park gegenüber saßen. Ich hielt einen Eisbecher mit gekühltem Schokoladeneis in den Händen, doch mehr, wie einen kleinen Plastiklöffel voll aß ich nicht. Ich lachte extra viel, um es zu vertuschen. Die zwei sollten nicht unbedingt mitbekommen, wie wenig ich aß. Anorexia landete auf der Schulter meines Bruders und pfiff fröhlich vor sich hin. "Fühlt es sich nicht toll an, zu wissen, dass man Kontrolle hat? Fühlt es sich nicht fantastisch an, wie leer dein Bauch ist? Fühlt es sich nicht fabelhaft an, sich schöner zu gestalten?" Vor Entzücken seufzte sie. "Weißt du Linn, ich kam zu dir und war enttäuscht. So ein hässliches, braunhaariges Mädchen mit so viel Gewicht. Hier brauchte man mich, dachte ich mir. Und jetzt, Tage danach, bin ich stolz. Hässlich bist du zwar noch immer, aber Disziplin hast du, das kann man sagen." Ein warmes Gefühl des Lobes erfüllte mich und voller neuer Zuversicht übergab ich meinem großen Bruder das Eis. Verwundert blickte er mich aus seinen Rehaugen an. "Wie, du bist fertig? Schon?" Johann wirkte nicht minder beunruhigt. "Früher hast du mehr gegessen", befand er und musterte mich eindringlich. "Sicher, dass es dir gut geht?" Linus und Johann waren nun schon zwei Jahre zusammen, er kannte mich also gut.

Kapitel 7

Anorexia war stets an meiner Seite. Das bestärkte mein Vertrauen zu ihr, denn alle meine anderen Freunde hatten sich von mir getrennt. Sie hingegen beriet mich, erklärte meine Situation und half mir bei meinen alltäglichen Situationen. Niemals wich sie von meiner Seite und immer redete sie auf mich ein. Das einzig seltsame …nein, eigentlich war alles an ihr seltsam, doch das noch komischere waren die Sprüche, die ihr ab und zu entwichen. Immer Kritik gegen mich und das mit jedem mal deutlicher. Zuerst waren es nur Vorschläge gewesen. - Mit jedem Essen, das ich dank ihr ausließ oder winzig klein hielt, wurde sie jedoch deutlicher. Und größer. So groß wie mein Unterarm war sie inzwischen bestimmt. Ihr Versprechen, dass es schnell leichter werden würde weniger zu essen hatte sich bewahrheitet und mein Hunger fiel immer kleiner aus. Oft hatte ich abends gar keinen Hunger mehr und erschien deshalb erst gar nicht zum Abendessen und - wenn ich tagsüber Hunger bekam, schaute ich mir einfach Videos oder Fotos von Essen an und stellte mir vor, wie ich die Gerichte aß. Eine andere effiziente und von Anorexia empfohlene Methode war die Wassertrinkmethode. Jedes Hungergefühl stillte ich mit einem Glas Wasser. Ein sanftes Räuspern rüttelte mich aus meinen Gedanken. Meine Mutter sah mich erwartungsvoll von der gegenüberliegenden Seite des Tisches an und deutete auffordernd auf meinen vollen Teller. Meine Familie und ich saßen beim Mittagessen, das wir sonntags immer zusammen einnahmen. "Linn, isst du noch was?" Anorexia schüttelte energisch den Kopf. "Das kannst du nicht tun. Du bist viel zu fett dafür. Wenn du noch Abendessen essen willst, lass das Essen liegen" Die Frau, mir gegenüber konnte sie natürlich nicht hören, deshalb hackte sie nach: "Isst du noch etwas? Mir und deinem Vater zuliebe? Er stand eine Stunde in der Küche." "Nein. Ich bin fertig. Ist mir doch egal, wie lange ihr in unserer bescheuerten Küche gestanden habt. Und wenn ihr drei Jahre gekocht hättet." Die Worte sprudelten unaufhaltsam aus mir heraus. Entsetzt starrte ich meine erschrockene Mutter an. Sie hatte sichtlich mit einer anderen Reaktion gerechnet. Wortlos stand ich auf und verließ den Tisch, an dem das gerade eben noch angeregte Gespräch zwischen meinem Vater und Linus geherrscht hatte, verstummt war. Panik riss sich mein Bewusstsein an sich. Was hatte ich gesagt? Was war passiert. Ich … ich hatte das alles nicht sagen wollen. Ich, …" - Du bist so ein schlechter Mensch" Anorexia Worte hatten noch nie so wahr geklungen. "Wie hast du das sagen können?" Meine Panik verwandelte sich in ein verschleierndes Gefühl, das wie ein Vorhang über mich zog. Verzweifelt stapfte ich die Treppe nach oben in mein Zimmer, dort ließ ich mich auf mein weiches Bett fallen. "Ich ... es tut mir so leid" "Das ändert nichts an deinem schrecklichen Verhalten. Du hast das gesagt. Du hast ihr wehgetan. Du bist ein schrecklicher Mensch." Ihre eindringlichen Worte machten nichts besser. Sie stachen auf mich ein und mischten sich mit der Verzweiflung. In der Hoffnung Anorexia Stimme aussperren zu können, presste ich mir meine Hände auf die Ohren. Leider brachte das nichts. Ihre Stimme beschimpfte mich weiter und Tränen sammelten sich in meinen Augen. Früher war ich nie aggressiv gewesen und urplötzlich passierte so etwas. Was war passiert? Meine Angst hatte vor allem in der Vorahnung, dass diese Situation nicht die erste gewesen war, ihren Uhrsprung.

Kapitel 8

"Was?! Das war so klar. Du undisziplinierte, dumme Kuh. Wie hattest du das zulassen können? Ich hatte gedacht, wir hätten schon viel mehr abgenommen. Wie verdammt enttäuschend. Du bescheuerte, unwichtige ..." *Stopp.* Ich war mir nicht sicher, ob ich dieses Wort gesagt oder gedacht hatte, doch Anorexia hörte nicht auf in mein Ohr zu schreien. "Du fette, fette Hummel. Dein Gewicht ist viel zu hoch. Nur vier Kilogramm abgenommen. In den zwei Wochen. Deine ganze Arbeit war umsonst." *Stopp.* Das Wort hallte in Dauerschleife durch meinen Kopf. *Stopp, stopp, stopp ...* Seit ich mich in unserem hellen, kleinen und sehr sauberen Bad auf die Waage gestellt hatte, schwappten die Beleidigungen meines Monsters wellenartig über mich. "Du undankbares Stück. Was kannst du eigentlich?" "Stopp doch endlich", flehte ich Anorexia an. Diese ganzen Beleidigungen konnte ich nicht ertragen. Ich war selber enttäuscht, oder war das nur Anorexia? "Ich werde mich einfach mehr anstrengen." Das sagte ich mehr zu mir selbst, als zu meinem violetten Monster neben mir. "Das will ich stark hoffen. Deine Portionen waren anscheinend doch zu groß." "Nein", widersprach ich verzweifelt. "Ich habe schon so viel gehungert. Ich habe mich abgehalten zu essen. Ich kann nicht noch weniger essen." So viel Mühe und alles, was ich bekam, war Kritik. Alles umsonst. Vielleicht hatte sie ja Recht. Vielleicht war ich undiszipliniert. Vielleicht war ich es nicht wert geliebt zu werden. "Wie viel wäre denn für dich genug gewesen?", hauchte ich und schob die schwarze Waage zurück unter das Spülbecken. "Keine Ahnung, auf jeden Fall mehr, wie das." Niedergeschlagen trottete ich durch den unangenehm hellen Flur zu meinem Zimmer und riss auf dem Weg meine Poster von der Tür. Ich wusste, dass es nichts an allem änderte. Andererseits konnte ich nicht nichts tun, ich musste meiner Stimmung Ausdrucke verleihen. In meinem Zimmer war es ebenfalls zu hell und ich schlurfte mit vor Enttäuschung und Verzweiflung schweren Herzens zu meinem Fenster und verdunkelte es. Jetzt konnte ich keine fröhliche, helle Welt gebrauchen. Ich hatte das Gefühl, die ganze Welt müsste aufhören sich zu drehen. Nicht, weil ich einfach nur zu viel wog, nein, das Problem bestand aus so vielen Komponenten. Ich hasste es jeden Tag den anderen zuzusehen, wie sie Eis aßen, wie sie lachten, während ich mit einem gekünstelten Lächeln, das meine Augen nie erreichte, am Rand saß. Mit einem Glas Wasser in der Hand, das ich jedes Mal leerte, wenn ich das Verlangen verspürte etwas zu essen. Ein anderer Punkt war, dass meine Klassenkameraden mich nicht weniger mobbten und ich weniger Energie hatte. Es war schon eine gefühlte Ewigkeit her, als Anorexia erschienen war. Mitten im Zimmer. Damals war ich ebenfalls verzweifelt gewesen, damals anders. Jetzt gerade schien sich alles zu verdunkeln. Meine Welt hatte sich mit einem grauen Schleier verhangen und die Tage zogen aus einer Mischung aus wach sein und schlafen an mir vorbei. Oft erinnerte ich mich an die Situationen mit Essen am meisten. Wann ich das letzte Mal freiwillig in der Öffentlichkeit gewesen war, wusste ich kaum mehr. Das alles war zu anstrengend. Alles war zu anstrengend. Für mich zumindest. Anorexia hatte Energie für zwei. Meistens hüpfte sie wild hin und her oder schoss mit einer funkelnden Spur hinter sich durchs Zimmer. Wahrscheinlich hätte ich geschmunzelt, hätte ich die Kraft dazu gehabt. Doch dazu fehlte sie mir. Zu allem.

Kapitel 9

"Mama, Papa, dazu möchte ich gerne noch etwas hinzufügen." Wie angewurzelt blieb ich auf dem Treppenabsatz stehen. Im Wohnzimmer wurde anscheinend gerade ohne mich Familienrat gehalten, oder, na ja, es ging nur um Linus. Das wusste ich nicht. Noch nicht. Gespannt lauschte ich den Stimmen meiner Familienmitglieder. "Wir waren ja neulich Eisessen. Mit Johann. Linn hat dort fast nichts gegessen und ich durfte den Rest auffuttern. Ich glaube, auch in der Schule gibt es Probleme und sie bräuchte unsere Unterstützung." Eine nachdenkliche Stille, dann: "Vielleicht könntet ihr jemanden organisieren, der mit ihr über alles spricht." Zustimmend erklang das Brummen meines Vaters. "Du hast recht, Linus. Wir hätten schon früher eingreifen müssen. Es war seit langem offensichtlich, dass es ihr nicht gut ging. Wir sollten aber auch mit ihr darüber reden. Eine ansprechbare Person werde ich auf jeden Fall dazu holen, doch sie hat das Recht es zu erfahren." Meine Mutter war da ganz gleicher Meinung. "Linn, kommst du mal", rief sie in dem Glauben, ich sei noch in meinem Zimmer. Ohne zurückzurufen, stieg ich mit Anorexia die Treppe runter. Unten im gemütlich eingerichteten Wohnzimmer, an das die Küche grenzte, saßen sie nebeneinander auf dem großen Sofa. Mit einer auffordernden Geste, bedeutete mir Linus mich neben ihn zu setzen. "Wir wollen mit dir über eine wichtige Sache reden." Ich tat so, als hätte ich nichts von der gerade abgehaltenen Unterhaltung mitbekommen. "Du musst alles überspielen. Lass dir nichts anmerken", beschwor Anorexia mich, die so groß wie ein Hund neben mir saß. Meine Familie konnte sie wirklich nicht sehen. Das war jedes Mal aufs Neue seltsam. "Was ist?" Unschuldig und mit einem falschen Lächeln auf den Lippen wendete ich mich an meine Familie. Der Duft des Abendessens, das gerade im Ofen vor sich hin brutzelte, stieg mir eindringlich in die Nase. Sofort wurde mein Herz schwerer. Von diesem tollen Gericht durfte ich mal wieder nur wenig essen. "Wir haben das Gefühl, dass es dir nicht gut geht. Du hast schon merklich abgenommen. Wir wollen dir helfen." Mein Vater legte mir tröstend eine Hand auf den Rücken. Ganz so als wäre er für mich da, als könnte er mir helfen. So ein Schwachsinn. Er konnte mir nicht helfen. Er konnte Anorexia ja noch nicht einmal sehen. Unerklärliche Wut sammelte sich in meinem Bauch und ich musste sehr tief ein und aus atmen. Ein und aus. "Lass dir bloß nichts einreden", befahl Anorexia in barschen Tonfall. "Diese Menschen wollen dich nur anlügen." Als ich nichts auf die Aussage meines Vaters antwortete, übernahm Linus das Reden. "Weißt du, Johanns Schwester, hat sich genau wie du verhalten. Und er hat mir neulich nach dem Eisessen erzählt, dass er sich Sorgen um dich macht. Er kennt dich jetzt schon Ewigkeiten und hat mich in meinen Vermutungen bestätigt. Ich bin kein Arzt oder so was, aber dir geht es nicht gut. Linn, du bist krank." Seine Miene war unerträglich mitfühlend. Alle taten mitfühlend. Und doch hatten sie alle keine Ahnung. Dieser Meinung war Anorexia auch und schnaubte. "Sie erzählen so einen Mist. Merkst du in deinem Spatzenhirn nicht selber, wie sie lügen? Bist du so dumm?" Das reichte. Sie hatten keine Ahnung. Sie waren nicht ich und sie hatten meine Situation nicht nie erlebt. Sie verstanden mich nicht. Niemand. Ich stand auf und ging, ohne ein letztes Wort. Sie hatten ja keine Ahnung.

Kapitel 10

Meine Familie. Mein Leben. Meine Schule. Es passte nicht mehr. Nichts passte noch und alles war dunkel. So unfassbar dunkel und traurig und anstrengend. Zu nichts hatte ich noch genügend Kraft und doch wollte ich nicht alleine gelassen werden. Alles war zu viel für mich und gleichzeitig zu wenig. Alles war sinnlos. Immer weniger wollte ich mein Bett verlassen und immer weiter sog mich der dunkle Strudel in sich hinein. Er hielt mich gefangen. An manchen Tagen fühlte sich alles zu laut, zu grell, zu bunt an. An anderen wiederum zu grau, zu sinnlos, zu nutzlos. Gedanken wie *weshalb bin ich eigentlich hier* oder *was wäre, wenn alles aufhören würde* gruben sich immer häufiger in mein Bewusstsein. Zuerst war ich von den verzweifelten Gedanken abgeschreckt, mit jedem weiterem ergaben sie jedoch mehr und mehr Sinn. Musste ich das alles aushalten? Musste ich mich so quälen? Gab es keine einfache Lösung? Oft weinte ich, hin- und hergerissen zwischen meinen Welten. Hin und her zwischen dem, was mir Halt gab und dem, was sich ein verräterischer Teil in mir wünschte. Ich wollte das alles nicht, hatte es nie gewollt. Ich hatte dem Mobbing entfliehen wollen und war stattdessen hier gelandet. In einer viel schlimmeren Situation. Das Problem war nur, dass ich nicht wusste, wie ich zu meinem alten, lachenden Ich zurückfinden sollte. Es schien wie eine verblassende Vision am Ende eines einstürzenden Tunnels und oft verwechselte ich Anorexias Stimme mit meinen eigenen Gedanken. Viel zu oft konnte ich nicht mehr unterscheiden, was ich dachte und was nicht. Jeden Morgen wurde mir schwarz vor Augen, weil mein Blutzuckerspiegel zu niedrig war. Und das Schlimmste war, dass sich ein Teil von mir - oder Anorexia - darüber freute, denn es hieß, dass ich wenig genug gegessen hatte. Der andere Teil wurde von Anorexia erstickt. Er konnte leider noch existieren. Leider. Wegen diesen zwei Teilen in mir, zwei Stimmen, war ich immer unentschlossen. Sollte ich nun auf die eine oder andere Stimme hören? Was sollte ich machen? Diese Frage war ständig mein Begleiter und blieb unentschieden. Alles war dunkel, wie eine triste Gewitterwolke, die die Erde überzog. Jede Sekunde meines Lebens war zu lang. "Du bist für alle nur eine Belastung", sagte Anorexia oft. Sie hasste auch meine Familie, die mir helfen wollten und alles doch nur schlimmer machte. Sie hatten mit einem Arzt über meinen Zustand gesprochen und mit ihm entschieden, dass sie mir sagen sollten, wie viel ich aß. Besonders gut klappte das nicht. Im Gegenteil, es sorgte für haufenweise Streit zwischen mir und den anderen, sodass ich mich immer weiter missverstanden fühlte. Gemeine und verletzende Sprüche schossen oft einfach so aus mir heraus, oft waren meine Eltern verzweifelt und weinten, wenn sie dachten, ich schaute nicht hin. Sie liebten mich. Sie liebten mich nicht. Sie wollten nur das Beste für mich. Sie brachten mich zur Verzweiflung. Verzweiflung, das fühlte ich oft. Und Angst. Angst vor Streit, Angst davor zuzunehmen. Angst, dass alles umsonst war. Na ja, bis jetzt hatte sich noch kaum etwas verbessert. Ich fand mich immer noch zu dick, ich oder Anorexia. Nie wollte ich in den Spiegel sehen, doch drängte mich Anorexia dazu.Dann fand ich mich immer hässlich und schaute ein zweites Mal hinein, in der Hoffnung einen schönen Teil zu finden. Das war immer vergeblich. Ich fand mehr und mehr Stellen, die ich hasste. Meine Verzweiflung wuchs ins Unermessliche.

Kapitel 11

"Du weißt, dass du essen musst." Natürlich wusste ich das nicht wirklich. Klar war mir bewusst, dass ich zum Überleben Essen und Nahrung brauchte, doch laut Anorexia tat ich ja genug essen. "Höre nicht auf sie. Sie wollen dich nur dick machen, weil du ihnen nicht wichtig bist und ihnen egal ist, wie beliebt du bist. Ich bin für dich da." Anorexia Stimme hallte in mir wieder, wieder und wieder. Und ich wusste nicht, wem ich trauen konnte. Irgendwie fühlte sich alles verdreht, undeutlich an. Jedes Wort legte ich auf die Goldwaage, wog sorgfältig ab, was es für mich bedeutete und versuchte mich zu orientieren. Das an sich war nicht schlimm. Schlimm war das Gefühl, dass man sich selbst nicht vertrauen durfte, dass die Stimmen in mir stritten und meine Familie mich nicht verstand. Dazu kamen die Streite, die mich zusätzlich belasteten und ich bekam allein bei dem Geklapper der Töpfe in der Küche Herzrasen. Mein ganzer Körper stellte sich in den Fluchtmodus und meine Hände wurden schweißnass in der Vorahnung auf die Tortur, die das Essen mit sich brachte. Das war immer so. "Jetzt komm, esse das noch auf. Du weißt, dass du das musst." Die drängende Stimme meiner Mutter rüttelte mich wach und weckte sogleich Panik. Ich wollte das nicht mehr aufessen. Mir war schlecht und mein Bauch krampfte sich ekelhaft zusammen. Dafür hatte Anorexia gesorgt, damit es mir leichter fiel wenig zu essen. "Bitte, Linn. Wir können dich nicht einfach im Stich lassen" Die Haltung meines Vaters war ebenso angespannt, wie meine eigene. Früher war am Tisch immer eine herrliche Heiterkeit zu spüren gewesen, heute ähnelte es einem Verhandlungsgespräch. Verzweifelt und mit Tränen in den Augen wandte ich mich meinem blauen Teller zu, auf dem eine angebissene Hühnerkeule lag, die ich nur angeknabbert hatte. Mein schlechtes Gewissen, dass das Essen weggeschmissen würde, wurde von der Panik verdrängt, die sich giftartig in mir ausbreitete. Ich wollte keinen Streit. Ich wollte nicht weiter essen. Ich konnte nicht, nicht mit den Worten, die Anorexia ununterbrochen in mein Ohr flüsterte. Ich konnte es ihnen aber auch nicht erklären. Meine Eltern machten sich solche Sorgen, dass sie jedem Gespräch mit diesem Thema aus dem Weg gingen. Was sollte ich also tun? Alles war zu viel für mich. Träne um Träne rann still über meine

Wange und ich wischte sie verzweifelt beiseite, bevor sie auf mein Essen trafen. "Das ist so viel. Zu viel" Anorexia schüttelte frustriert den Kopf. "Das können sie nicht von uns verlangen. Du darfst das nicht essen. Du darfst einfach nicht. Siehst du denn nie in den Spiegel?" *Wie soll ich noch so viel schaffen?* Meine Gedanken kämpften in mir und Anorexia griff von außen ein. "Du darfst nicht." Der Druck stieg mit jeder Sekunde, in der ich mich nicht rührte und die Blicke meiner Eltern auf mich ein schlugen. "Wenn du jetzt isst, sieht jeder, dass du eine Versagerin bist. Deine Eltern würden dich nicht ernst nehmen. Sie würden dich nicht mehr lieben." Linus setzte sich neben mich und drückte meine Hand fest unterm Tisch. "Du bist toll. Du musst für niemanden außer dich selber leben. Das schaffst du. Ich glaube an dich." Die Stimme meines vier Jahre älteren Bruders durchpeitschte das Stimmengewirr, das nur ich hören konnte. Anorexia, die meine Größe hatte und wie ein Schatten über mir flog, kreischte erzürnt auf. "Stopp. Er redet nur Unfug. Du hasst dich. Du bist wertlos. Und du hast es nicht verdient beachtet zu werden." Was nun? Linus Worte … Ich nahm noch einen kleinen Bissen.

Kapitel 12

Unsere Klingel tönte schrill und auffordernd durch unser kleines Haus, während ich auf dem Bett lag und mir im Internet Videos anschaute, die ein leeres Gefühl in meiner Brust hinterließen. Bei dem alarmierenden Geräusch reagierte ich nicht. Weshalb auch? Meine Mutter würde die Tür öffnen. Es klingelte noch einmal. Mit einem schweren und falsch anfühlenden Herzen setzte ich mich auf und schleppte mich zu unserer Wohnungstür. Sobald ich sie geöffnet hatte, blickte mir eine junge Frau, wenig älter, wie Linus, entgegen. Ihre goldblonden Haare fielen ihr in sanften Wellen auf den Rücken und ihre grünen Augen strahlten vor Lebensfreude. Sie lächelte mich offen an und streckte mir eine Hand entgegen. "Schön dich kennenzulernen, Linn. Johann hat mir bereits über dich erzählt. Ich bin Antonia, seine Schwester." Durch schwere Lidern versuchte ich ein freundliches Lächeln auf meine Lippen zu zwingen, was sensationell missglückte. Egal. "Schön. Ich … du weißt, wie ich heiße. Was machst du hier?" Sie schenkte mir ein herzliches Lächeln. "Ich kenne mich ein bisschen … ah, hallo, Linus." Hinter mir tauchte mein großer - also wirklich in der Höhe auch größerer - Bruder auf und legte mir einen Arm auf den Kopf. "Schön, dass du gekommen bist, Antonia." dann wandte er sich an mich. "Linn, das ist Antonia. Und ich habe sie gefragt, ob sie sich mit dir treffen könnte. Sie kennt sich nämlich ein bisschen mit dieser Situation aus." Er führte uns zwei durch den mit Bildern gesäumten Flur ins Wohnzimmer und bedeutete uns auf den Stühlen Platz zunehmen. "So. Ich muss bald leider los. Johann und ich haben heute ein Date im Kino. Aber noch ganz kurz kann ich bleiben." Antonia strahlte uns an und zwinkerte mir zu. "Du kannst auch etwas länger bleiben. Mein verwöhnter, kleiner Bruder kann ruhig lernen zu warten." "Jaja, Geschwisterliebe ...", sinnierte Linus und machte sich dann jedoch auf den Weg. Als er gegangen war, herrschte zuerst eine kurze, angenehme Stille, ehe Antonia das Wort ergriff. "So, ich stelle mich mal vor. Ich bin Antonia. Ich glaube, das wurde jetzt mehr als oft genug klargestellt und meine Lieblingsfarbe ist gelb. Gelb wie die Sonne. Hobbys habe ich auch. Ich lese für mein Leben gerne und gehe oft klettern. Und ich bin zwanzig." Unsicher, ob ich mich nun ebenfalls vorstellen sollte, begann ich: "Ich bin Linn.

Meine Lieblingsfarbe, äh, ist ... keine Ahnung. Ich bin vierzehn Jahre alt und Hobbys ... ich denke vielleicht Malen?" "Schön dich kennenzulernen. Sicher willst du wissen, was ich hier mache. Mein Bruder hat mich auf dich aufmerksam gemacht und mir eine Vermutung hingeworfen. Ich glaube, ich weiß ein bisschen mehr als ein paar andere in deinem Umfeld Bescheid, was mit dir los ist." "Ach ja?" Sie nickte ernst. "Mir ging es eine Zeit lang genauso." Das überzeugte mich noch nicht gänzlich, weckte aber meine Neugierde. Das sah sie anscheinend, denn sie fügte hinzu: "Ich hatte ebenfalls ein Monster neben mir." Erstaunt fehlten mir die Worte. Was sollte ich darauf antworten? "Ich kann dich verstehen. Und ich möchte dir helfen. Den ganzen Tag diese bescheuerte Stimme zu hören, macht einen wahnsinnig, ich weiß. Ich weiß auch, wie viel Streit dieses Monster auslöst und wie sehr es einen verändert und zerstört. Jeden Tag weinend im Zimmer zu sitzen, sich im Spiegel zu sehen und sich zu hassen. All das habe ich selber durchgemacht und - jetzt kommt es - ich habe es hinter mir gelassen. Ganz weit weg. Ich habe das Monster besiegt und du schaffst das auch."

Kapitel 13

"Wie soll ich das schaffen?" Ich war hier hineingerutscht und sah keinen Weg nach außen mehr. Wollte ich das überhaupt? Wollte ich wieder gesund werden? "Nein, du bist gesund. Ich bin deine Freundin." Anorexia flatterte riesig über mir. Sie funkelte angriffslustig und zeigte ihre wunderschönen Flügel. In tausenden Schattierungen funkelten sie im hereinfallenden Licht und erinnerten an ihre Schönheit. "Wir beide werden einfach unser Bestes geben. Mal schauen, wie weit wir kommen, okay?" Schüchtern nickte ich, während Anorexia gelangweilt und besonders ignorant ein möglichst lautes Lied anstimmte. Einen vorwurfsvollen Blick von mir musste sie dafür kassieren. Sie zuckte unschuldig die Schultern und pfiff mir übertrieben in mein linkes Ohr. Zu meiner Überraschung wurde Antonias Miene wissend. "Ja, ich verstehe. Dein Monster zweifelt an der Genesung. Zweifelt an der Tatsache, dass du überhaupt krank bist. Ich weiß. Was macht sie denn bei dir? Bei mir ist sie oft während wichtigen Unterhaltungen blind über den Tisch getanzt." Ein unbeholfenes Kichern entwich mir. Das Erste seit Ewigkeiten. Jetzt, wo ich darüber nachdachte, war das wirklich traurig. Oder alles war zu traurig gewesen. "Mein Monster nennt sich Anorexia und gerade …" Ich schaute zu meiner dunkellilanen Gefährtin, die mich grummelig anstarrte, als wollte sie mich daran hindern, auch nur noch ein weiteres Wort über sie von mir zugeben. Das hinderte mich heute kein klitzekleines bisschen. "Sie starrt mich gerade ziemlich beleidigt an." Antonia lachte ein wunderschönes Lachen. Nicht, weil es ein perfektes Magazinlächeln wäre, sondern, weil es echt war. "Mein Ungeheuer hieß ebenso. Ich glaube, alle Ungeheuer heißen so - obwohl, streich das - alle Ungeheuer dieser Art heißen so. Es gibt durchaus noch weitere Ungeheuer. Die sorgen nur für etwas anderes. Aber soll ich dir nun zeigen, wie du wieder glücklicher werden kannst?" "Nein, ich sorge dafür, dass du glücklich bist. Ich, nicht sie. Sie kann nichts", schrie Anorexia empört und flog drohend über mir. Trotzdem, trotz der Zweifel an der Tatsache, dass ich krank war, wollte ich wieder glücklich werden. Ich hatte das Gefühl, dass Antonia sich deswegen ihrer Wortwahl wohl bewusst war. Unsicher nickte ich. "Also gut. Ich zeige dir, wie es geht." "Und was, wenn es nichts hilft?" "Dann probieren wir was Neues, okay?" Ich nickte wieder und stand auf ihr Zeichen hin auf. "Komm, ich habe im Flur einen Spiegel gesehen. Vor den stellst du dich", wies sie mich an und ging voran. Ich folgte ihr. Vor der reflektierenden Scheibe suchte mich gleich das bekannte Gefühl heim und mein Herz wurde schwer, als ich mein Spiegelbild sah. Normalerweise fand ich an mir nur hässliche Teile und war danach sehr niedergeschlagen. "Ich weiß, es ist schwer, aber du kannst es schaffen. Schaue dir in die Augen und sage immer, wenn du dich siehst: Ich bin wunderschön; Ich bin liebenswert; Ich habe es verdient, geliebt zu werden; Ich bin stark; Ich schaffe das; Essen ist gut; Essen ist wichtig; Essen hilft mir; Ich werde geliebt, auch, wenn ich das gerade nicht sehen kann; Ich kann meiner Familie vertrauen; Ich habe keine Angst; Ich bin ein einzigartiger Mensch. Das wird dir zuerst, -wie Lügen vorkommen oder wie Texte, die du auswendig lernen sollst. Doch mit der Zeit - und dabei ist es unterschiedlich und gleichgültig nach wie viel - wirst du es glauben und ein neues Monster erschaffen. Eines, das dir zuflüstert, wie toll du bist. Eines, das Selbstwertgefühl heißt.

Kapitel 14

Diese Übungen, diese positiven Phrasen, sagte ich von jenem Tag an jeden Tag mehrmals. Meistens, wenn ich zufällig an einem Spiegel vorbeilief. Manchmal ging ich sogar extra auf einen zu. Es war nicht leicht, da hatte sie Recht behalten. Es war sogar ungemein schwierig. Sich die Wörter vorzusprechen und gleichzeitig das Gegenteil zu glauben. Ja, es war verdammt schwer und endete nicht selten in Tränen, weil ich im Laufe des Ganzen, doch wieder einen Makel gefunden und mich davon ablenken gelassen hatte. Anorexia machte das mit ihren Sprüchen noch tausendmal schwieriger und härter. Ihre Stimme wurde immer lauter, sobald ich mir die guten Wörter vorsagte. Manchmal so laut, dass ich abbrach und mich lieber im Zimmer verkroch, bis ich abends zum Essen gerufen wurde, das nicht bemerkenswert besser verlief. Meine Eltern waren noch immer angespannt und wurden öfter laut. Ich genauso. Und nicht selten sagte ich Sätze, die ich sogleich bereute und doch nicht zurücknehmen konnte. Das alles war chaotisch. Vielleicht war unser ganzes Leben gerade chaotisch. Auf jeden Fall alle, außer mein Bruder, der sich als Unterstützung neben mich setzte. Das Essen lag vor mir, wie ein unbezwingbarer Berg, und Schweiß lag auf meiner Stirn, doch Linus war der beständige Himmel, der alles viel kleiner aussehen ließ. Er nahm meine Hand und musterte das Essen, wie einen Freund. "Komm schon, Linn. Noch einen Bissen für mich und einen für Papa …" "Und einen für Mama, ist klar", seufzte ich schwer. Anorexia saß neben mir auf der anderen Seite und schrie mich aus voller Kehle an: "Du fette Sau. Du gefräßiges, unwürdiges, hoffnungslose, …" "Jetzt esse noch ein Stück von dem leckeren Auflauf", forderte meine Mutter, deren Haare irgendwie stumpfer, als früher wirke und der eine dauerhafte Sorgenfalte auf der Stirn stand. "Ich kann nicht.", flüsterte ich verzweifelt. "Du musst", beschwor sie mich. "Ihr versteht mich nicht …" "Wie auch? Ich kann nicht lockerlassen. Ich habe dich lieb." "Wenn du mich lieben würdest, würdest du mich in Ruhe lassen" Jetzt brüllte ich sie an. "Ich kann nicht. Du bist meine Tochter. Soll ich dich einfach verhungern lassen?" Erschrocken wich ich zurück und eine tonnenschwere Stille breitete sich leblos zwischen allen am Tisch aus. Nach einer gefühlten Ewigkeit traute sich Linus, den

Mund zu öffnen. "Linn, du schaffst das. Vergiss Mama einfach und esse, weil du das kannst und ich an dich glaube." Darauf hätte meine Mutter früher gereizt reagiert, seit längerem schien ihr die Kraft dafür jedoch ausgegangen zu sein. Mit zitterndem Finger und nassen Wangen - ich merkte erst jetzt, dass ich geweint hatte - griff ich nach der Gabel und versuchte mir den Nudelauflauf, der eigentlich gut schmeckte, in den Mund zuschieben. Auf halbem Weg gab ich auf. "Bitte, Linn." Mein Vater verzog sorgenvoll das Gesicht. "Ich kann nicht. Mein Monster ist zu laut." Das schien die übrigen zu verdutzen. Davor hatte ich in ihrer Anwesenheit noch nie über ein Monster geredet. Niemand reagierte, also sprach ich mit brechender Stimme weiter. "Mein fliegendes Monster begleitet mich überall hin und berät mich. Und sie sagt, ich bin satt und mir ist schlecht. Wenn sie schweigen würde ..." Anorexia unterbrach mich singend. Linus lauschte mir meiner ganzen restlichen Erzählung lang und anschließend aß er neben mir eine Extraportion damit ich nicht das Gefühl hatte, mehr als die anderen zu essen. Und zusammen aßen wir bis mein Teller leer war.

Kapitel 15

Jeden einzelnen Tag traf ich mich nun mit Johanns blonder Schwester, die mir zuhörte und immer neue Sprüche für den Spiegel mitgab. Ich bin mir wichtig; Ich darf Fehler machen; Ich habe Hoffnung; Ich bin ein liebevoller Mensch; Ich bin ein wertvoller Mensch; Ich werde mein Bestes geben; Ich glaube an mich; Ich bin unersetzlich; Ich bin es wert, gehört zu werden; Ich bin gut, so wie ich bin. Außerdem lachte sie mit mir, fühlte mit mir mit und erzählte mir von ihrer Zeit. Und ich hatte das wunderbare Gefühl endlich, endlich verstanden zu werden. Sie kritisierte mich zu keinem Zeitpunkt und belehrte mich nicht. Sie gab mir Tipps. An so einem Tag saß sie mir einmal mehr gegenüber und lächelte mich fröhlich an. "Ich habe dir was mitgebracht.", verkündete sie und holte unter meinen neugierigen Blicken einen kleinen Stapel beschriftetem Papier heraus. Verwundert beäugte ich den handgroßen Haufen. "Was ist das?" "Das", sagte sie geheimnisvoll, "ist Papier." "Ja ne, das wäre mir gerade so noch aufgefallen.", seufzte ich mit einer Mischung aus Genervtheit und Amüsement. "Das sind Karten, die ich ausgedruckt und mit unseren Sprüchen beschriftet habe, sodass du sie um deinen tollen Katzenspiegel hängen kannst, den du mir letzte Woche gezeigt hast. Dann siehst du sie immer, auch wenn du sie kurz vergessen solltest." Die Karten fühlten sich rau und angenehm kühl in meinen Händen an. Ich ging die Zettel in Ruhe durch. Tatsächlich, alle Sprüche, die wir jemals zusammen besprochen hatten, waren aufgereiht worden. "Die soll ich einfach um meinen Spiegel hängen?" Antonias Wellen hüpften, so heftig nickte sie. "Ich habe so welche Zettel immer noch Zuhause. Und mir selber gut zusprechen mache ich auch noch. Schaden kann das nie." Da konnte ich ihr nicht wiedersprechen und Anorexia ebenfalls nicht. Auf die Größe meines Unterarms geschrumpft hockte sie stinksauer an einer Tischkante und hielt sich die Ohren krampfhaft zu. "Ich kann euch nicht hören. Ich kann euch nicht hören" Das ging nun schon eine Stunde so. In Dauerschleife. Lediglich ein Augenrollen schenkte ich ihr, ehe ich mich erneut Antonia zuwandte. "Anorexia. Du weißt ja." Sie schenkt mir ein wissendes Augenrollen. Das war noch eine Sache, die ich genoss: Zu ihr konnte ich ehrlich sein und sie wusste immer, wie sich Anorexia verhielt. Sie konnte sie deuten und erklären, weshalb sie sich so benahm. "Ignoriere mich nicht", keifte Anorexia mich beleidigt von der Seite an und streckte mir die Zunge heraus. *Ich ignoriere dich nicht,* schickte ich ihr in Gedanken. "Tust du wohl. Du bist doof und ..." "Ja, ist schon gut.", unterbrach sich sie. Laut diesmal. Antonia lachte lauthals. "Gut so. Zeig ihr, was du von ihr hältst." Meine geflügelte Begleiterin sauste blitzschnell durch das hell erleuchtete Zimmer und setzte sich anschließend auf die marmorne Küchenplatte. Von dort prügelte sie auf die Luft vor sich ein und wurde plötzlich strahlend weiß. Das Leuchten war so hell, dass ich die Augen abwenden musste. Als ich wieder hinsah, stand Anorexia bestürzt und fünf Zentimeter kleiner an der gleichen Stelle. Sie wirkte verärgert und verschränkt schnaubend die Arme vor der länglichen Brust, in deren Mitte ein kleiner Spiegel zu erkennen war. "Du verräterischer Gelbknoblauch.", schimpfte sie aus voller Kehle. "Was soll *das* Bitteschön sein?", fragte ich neugierig. "Eine ganz, ganz gemeine Beleidigung." *Gut, dass ich das von dir gewöhnt bin.*

Endlich

Im Nachhinein schaute ich auf diese Zeit zurück und wusste noch immer, wie es gewesen war. Wie dieses Ungeheuer, das nur ich sehen konnte, mein ganzes Leben beeinflusst hatte. Das spürte ich, selbst nachdem es sich schon lange in glitzernde Körnchen aufgelöst hatte und ein neuer Staub aufgetaucht war. Ein Staub, wie der bei Anorexia, nur in Weiß. In so reinem, strahlendem Weiß, dass keine Dunkelheit der Welt es hätte ersticken können. So allgegenwärtig wie Anorexia es gewesen war. Der Staub vertrieb die Dunkelheit und erinnerte mich gleichzeitig an diese Zeit. Eine Zeit voller Dunkelheit und Leere. Aber wie hatte ich genau diese Zeit ganz vertrieben und war erneut ein strahlendes, glückliches und selbstbewusstes Mädchen geworden? Nun, … jeden Tag diese Übungen vor dem Spiegel zu machen, hatte nach einer gewissen Zeit seine Wirkung entfalten und Anorexia war mit jedem liebevollen Gedanken, den ich wahrhaftig geglaubt hatte, geschrumpft. Kurz vor meiner vollständigen Genesung war sie noch einmal richtig laut geworden, dann hatte ich mich an Antonia gewandt, die -wie ich erfahren hatte - nicht nur mir mit meinem Monster half, sondern auch anderen Monsterbesitzern. Sie hatte mit mir Stunden verbracht, in denen ich mit ihr Lösungen gesucht hatte, wie ich dennoch genügend essen konnte, selbst, wenn Anorexia laut gewesen war. Nach einer gewissen Zeit war alles vorbei gewesen, obwohl ich oft nicht daran geglaubt hatte. Und ehrlich gesagt: Ich trauerte Anorexia in keiner Sekunde nach, denn kurz vor der vollständigen Genesung hatte sie ihr wahres Ich gezeigt. Ein hässlicher Haufen lila Asche, die sich in böse Träume hatte verwandeln können. Doch ich hatte es geschafft und genoss das warme Licht, das mich in der Nase kitzelte, während der gluckernde, kristallklare Fluss neben mir vorbei sprudelte und meine Füße angenehm kühlte. Der von Harz geschwängerte Duft wehte auf einer wohlig warmen Brise zu mir heran und stieg mir in die Nase. Gleichzeitig schob ich mir genüsslich ein köstliches Stück Schokolade, das schon lange nicht mehr als klein durchging, in den Mund und ließ es auf der Zunge zergehen. Einfach nur, weil ich Lust darauf hatte, einfach ohne viel nachzudenken und ohne schlechtes Gewissen. Ich liebte Schokolade. Und Schokolade an meinem Lieblingsort war noch besser. Der Wald flüsterte um mir herum eine uralte und längst vergessene Geschichte und sang mit den Vögeln ein fröhliches Lied, das mein Herz höher schlagen ließ. In diesem Moment hörte ich eine wispernde Stimme neben mir, die angenehm in mir nachklang. "Ich bin liebenswert. Ich bin stark und ich bin dankbar. Dankbar für diesen Moment, dankbar für alles." Und da erkannte ich es. Erkannte, dass ich endgültig zu einem anderen Ich zurückgekehrt war. Nicht zu meinem alten Ich, sondern einem neuen. Ohne gemobbt zu werden. Franka hatte mit Aurelia und Juan Schule wechseln müssen, nachdem ich mich mit den Lehrern gründlich unterhalten hatte. Ein Ich mit einer guten besten Freundin, die so einzigartig war, wie es jeder Mensch sein konnte, wenn er sein volles Potenzial ausnutzte, und dem Wissen, dass Hoffnung nie umsonst ist. Allein schon aus dem Grund, dass sie uns Kraft gibt. In dem Wissen, dass ich liebenswert und wertvoll war, schloss ich die Augen.

Schlusswort

Ich war unsicher, ob ich diesen Teil des Buches überhaupt schreiben wollte und habe mich schließlich dafür entschieden, - Naja, wie man deutlich sieht. Und das habe ich aus vielen verschiedenen Gründen getan. (Übrigens entschuldige ich mich dafür, dass es zum Teil so düster ist. Diese Reise lässt sich nur schlecht fröhlich beschreiben.)

Erstens: Dieses Thema, das leider so viel Menschen betrifft, Mädchen wie Jungs, ist so wichtig und Ernst zunehmen, dass ich nach dem Schreiben eines solchen Buches finde, darauf sollte ich eingehen. Ich weiß, wie viele Betroffene es davon gibt und ich weiß, wie aussichtslos dieser Kampf - anders lässt sich der Weg der Genesung nicht ausdrücken - an manchen Stellen sein kann. Ich weiß, wie schwierig es ist. Sich selbst nicht vertrauen zu können, dieses "Monster", diese innere Stimme in sich zu hören. Ich selbst wurde nie wirklich gemobbt, doch wollte darauf aufmerksam machen, wie viel Wörter verändern können. **Wör-**

ter können verletzten. Wörter können zerstören. Wörter können erschaffen. Und Wörter können heilen.

Zweitens: Ein anderer Grund, weshalb ich mich dafür entschieden habe, ist eigentlich auch der Grund, weshalb ich dieses kleine Buch geschrieben habe. Okay, das lässt sich nicht so einfach in einem Satz zusammenfassen … Mein riesiger Traum ist es Autorin zu werden und ich hätte nie gedacht, ihn so bald in Erfüllung gehen lassen zu können. Es ist erstmal nur ein kleines, doch sicher nicht mein letztes. Außerdem litt ich selbst an dieser Krankheit, die viele schlecht einschätzen können. Alle haben in ihrem Leben schon davon gehört und doch, könnt ihr euch vorstellen, wie es ist sie zu haben? Ich denke, das ist schwer. (Also, so Spezialisten können das vielleicht theoretisch sagen.) Wirklich viel möchte ich dazu nicht hier schreiben (dafür würde der Platz nicht reichen und einige von Linns Erfahrungen stammen von mir), doch schön ist diese Krankheit nicht.

Drittens: Ich möchte allen, die Erfahrung mit Menschen in Not aller Art, haben, Erfolg und Hoffnung wünschen. Falls ihr gerade selbst einer dieser Menschen seid lasst euch sagen: Ihr lebt nur für euch und vielleicht seht ihr das Licht am Ende des Tunnels nicht, doch es kommen wieder bessere Kapitel eures Lebensbuches. Ich glaube an euch, an jeden und jede einzelne und wünsche euch das Beste. Dieser Wunsch richtet sich ebenfalls an die, die nur ein kleines, kritisches Monster haben. **Ihr alle schafft das. Seit einzigartig und wundervoll. Genießt euer Leben.**

Zuletzt danke an meine Familie und Bekannten, die an meiner Seite waren und sind. (Keine Sorge, ich schreibe hier unten keinen Roman mit Namen, die sonst niemand kennt). Nur einfach danke an euch. Danke von ganzem Herzen. Ohne euch wüsste ich nicht, wer ich heute wäre. Und ich weiß eigentlich gar nicht, wie ich meinen ganzen Dank zum Ausdruck bringen soll, doch einfach danke, danke, danke!

Und noch kurz an alle: Damit ihr es nicht falsch versteht. Dieser Kampf ist unglaublich anstrengend und nicht so einfach und schnell, wie es auf den ersten Blick aussieht. In diesem Buch habe ich nur einen kleinen Teil wirklich beschreiben können.

KAJA SCHOCH

Träumen. Das ist wahrscheinlich das Wort, das der Autorin am meisten am Herzen liegt. Für Kaja Schoch ist dieses Wort mehr wie sieben Buchstaben und unter anderem der Grund, weshalb dieses Buch existiert.
Ob von Fantasygeschichten, die sie reihenweise und fast den ganzen Tag (mit Ausnahme in der Zeit vom Schreiben) liest oder von einer anderen Welt, die Vierzehnjährige hat schon immer gerne vor sich hin geträumt und an Fabelwesen geglaubt.
Bis zu ihrem achten Lebensjahr war sie fest davon überzeugt, dass es irgendwo auf dieser Welt Fabelwesen gäbe. (Und wer sagt, dass es sie sicher nicht gibt?).
Sie ist 2011 in Deutschland geboren und bei ihrer wunderbaren Familie aufgewachsen, die sie immer unterstützt hat.

Zeitfracht Medien GmbH
Ferdinand-Jühlke-Straße 7,
99095 - DE, Erfurt
produktsicherheit@zeitfracht.de

FSC
www.fsc.org
MIX
Papier | Fördert
gute Waldnutzung
FSC® C083411